微笑刻痕

陳文茜

謝謝你!!

傷害了我。

傷害，本來就是人生常態，工作、愛情、親情、朋友。悄悄告訴你，那些因傷害帶來的痛苦增加了每一個人的見識，讓我們成長。無形中它雕塑了我們的生命刻痕，當有一天我們可以微笑地看著這些刻痕且不覺得它痛時，我們已是不同的人了。

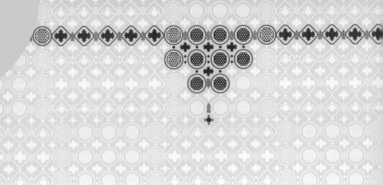

愛上一個地方，因為那裡曾經踏著妳所愛
的人和妳共同的足跡。

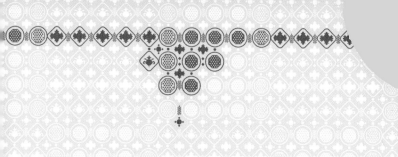

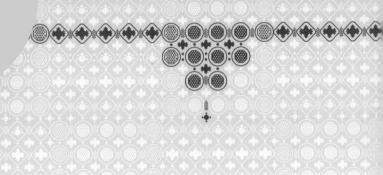

浪兒，你來自多遠的地方？漂流了多少時
光？你何時誕生？為何遲遲不肯離去？一
場無預期的邂逅，我們好像知己，好像陌
生人。我深情地看著你，你洶湧且沒有掛
礙地撲向我。誰曰大海無情？有緣之人，
自知情。

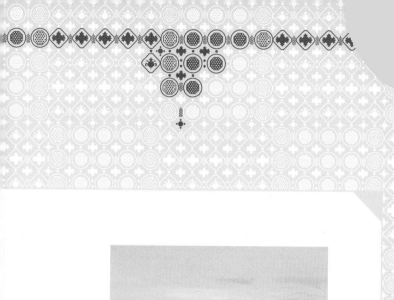

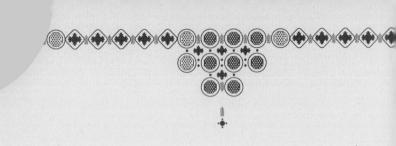

秋未老，風雨斜。詩酒趁年華。

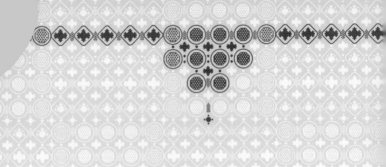

天空那麼寬廣，何須記掛一時傷痕？一架
飛機掠過，它和鳥不同，在天空劃了一道
白色傷痕。等候雲朵靠近，或者等待傷痕
的記憶慢慢褪去，天空又自然恢復了它的
清澈。

城市的樹葉，佇立馬路旁，天遼但地不闊，
熙來攘往的車輛，無人抬頭看它一眼。除
了大風吹起的日子，它總是靜止不動。白
天屏氣凝神，等候匆忙上工的路人，夜晚
車聲喧囂，回家的人想叫醒自己疲憊的靈
魂。它總是看著這一切，浮於濁汙的城市
空氣裡，為我們洗滌每天增加的骯髒。

即使一只小樹，也活得挺立而傲骨。什麼死去活來的事，讓人活得扭曲，欺罔，蒙蔽，甚且因此瘋狂呢？

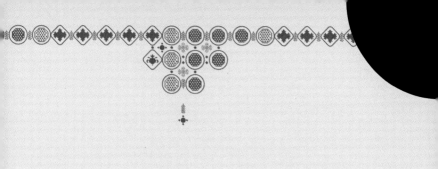

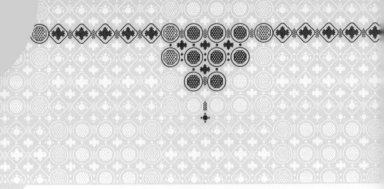

我曾追隨閃爍的星空，我曾歷經咆哮的風；我跟蹤日出，也悼念黃昏。在某個無風無雨的秋日，我決定拋棄太多的哭泣，只為綻放一個無憾的秋天。

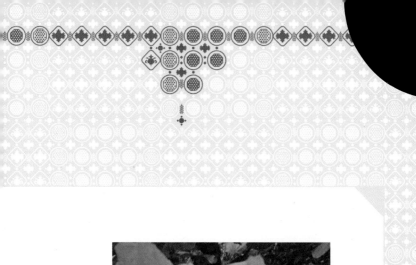

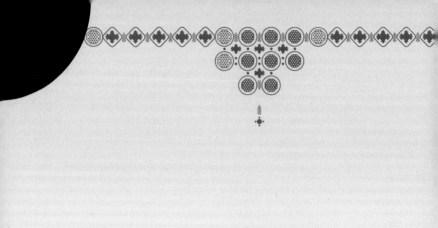

意朦朧，指觸弦，倚花叢，心寧靜。

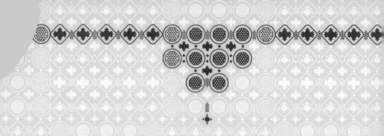

我曾是一個被遺棄的星球，而今夜我是一個被過度矚目的金色王子。過去，無論妳願意抬頭看我幾回，妳不知我始終守護著妳，安慰著妳。我獨自承受黑色憂鬱的太陽，只爲了在妳奔波的路上，寂寥的海邊，與蔓藤糾葛的樹間，給妳一千個吻。不只在中秋的今夜。

一年多數的日子，月亮都是殘缺的。中國人稱圓滿，因為理解殘缺是常態。西方詩人歌頌月光，中國詩人總在流放之時，特別體會圓月難得。滄桑，住在中國人的靈魂裡，那麼廣闊的黃土，無邊無際，中國人但求個圓。也因此，家家都有一張圓桌，圈住一家人，在某個好時節。

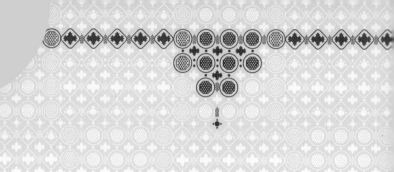

它正等待離去，
因此依依不捨，
把最好的顏色留給我們。

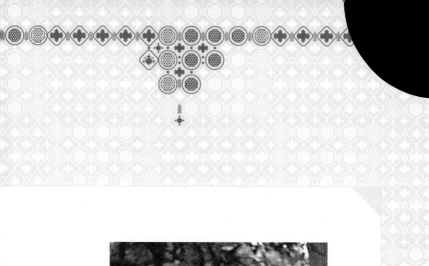

這盞威尼斯吊燈，走過華麗的威尼斯時代，走過絕望的戰爭，走過一張張淒慘無語等待死亡的臉，走過戰後破落孤獨的絕望。直至二〇〇五年，一位東方女子與她相遇，我擦拭了她身上的塵埃，有若組合一段破碎的歷史，飄洋過海帶她回家。受傷的旅人，在一個她不識的異鄉，找到了家。

當妳老了，
世界不管在哪兒，
看起來都像故鄉。

巴黎鐵塔亮起來那一天，人類開始有了電燈；然後逐漸每個城市的燈泡築成燦爛的夜景；然後我們逐漸看不到星辰，也遺忘了星辰。一個宇宙開端即綻放光亮的恆久之物，竟在我們創造的文明中，被趕走了。今晚要去看星星。

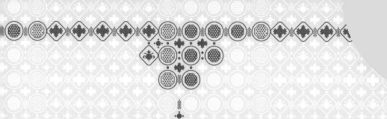

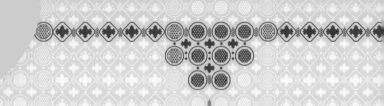

愛爾蘭，每一條街道留著情人的足跡，每一條街道也流過情人的血跡。失去愛人的女孩佇立於此，哭號聲穿越狹窄街道，狹窄之街成了傳遞哭聲的變形喇叭，震撼全城。而今，一切已成過去，歷史安靜了，只留不能遺忘之人，重複著痛苦。

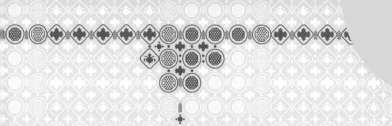

これは我幻想的家。幻想的家，沒有房價的問題，沒有打掃的問題，我可以隨更換，每月幻想一個。正如幻想的情人，沒有占有，也不必令人窒息的操弄。幻想的情人來來去去，他給妳的歡愉很短暫，但絕不會留下痛苦。幻想的情人，幻想的家。

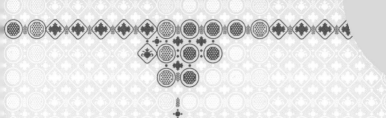

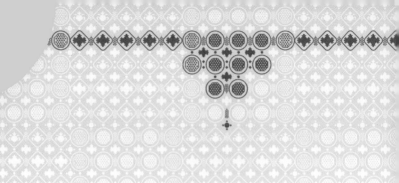

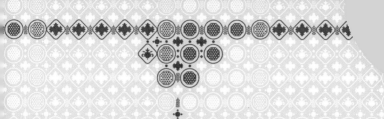

　　它始終寵著自己。以最美的姿態，望著水中倒影。世間如此混濁，它選擇潔白。即使花瓣已掉落大半，它也未見羞澀，不覺老去，恣意且堅持綻放美麗，直至最後。女人，有它的智慧嗎？

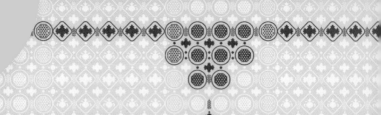

我不過是妳可有可無的影子。鏡中的影子
對我如是說。影子是我們一生永遠相隨的
伴侶,有鏡子時,它出現鏡中;有月光時,
它長長映照於我們腳下。它始終相依,我
們視之理所當然。或許它不懂甜言蜜語,
但它永遠不會傷害妳。一個人會發慌,因
為她忘記她早有一名終身伴侶。

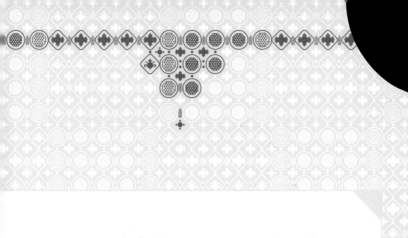

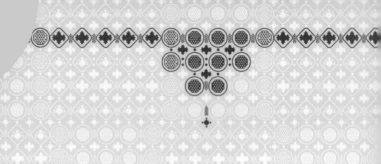

野薑花，長於野地水叢之中。摘一盆，我在其側，它於水間，風中有塵，葉梢輕垂。白色花瓣，了無傷痕，盡情恣意吹送難以抵擋的香味。美，到了一個境界，已不在乎出身野地，也勿須計較形貌。

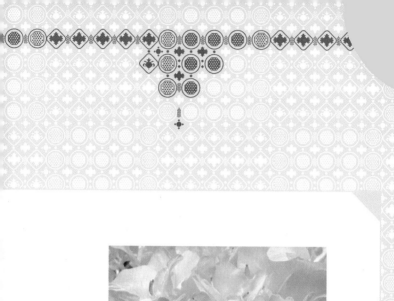

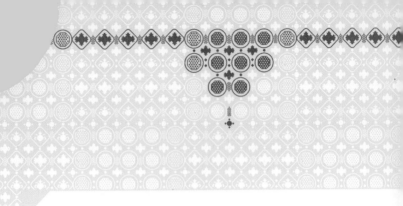

ð

我們每天總在追求許多色彩，於是「白」讓我們誤以為它是空白，是空的。中國建築裡最美的顏色不是紫禁城的紅，而是蘇州的白。它帶妳進入靈性之美，在一個熙熙攘攘的市集中，教妳停一下腳步，放慢妳的心跳，放空雜亂的思緒。在白的空間裡，我們難得遇見了自己。

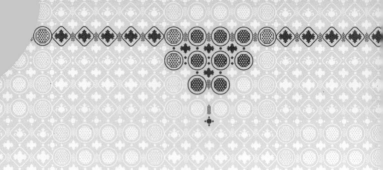

台北的雲，如此藍白相依，多少人記得抬頭看它一眼？

———————————

人間終究喧囂，相對於美麗的孤寂。城市
的顏色無論紅豔白皙，總不及這動人的角
落小花，多情。

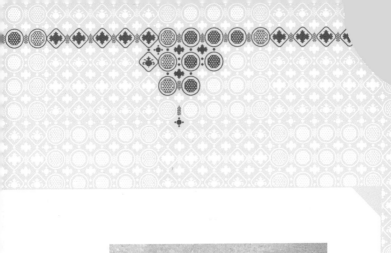

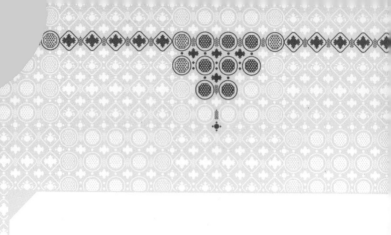

今年花園裡第一朵綻放的山芙蓉。花朵有
若妖精，不斷回應時間的咒語。早晨初開
白，近午轉粉，傍晚豔紅，然後夜間悄聲
殉落。它爲了把時間做個記號，不惜以命
相許。

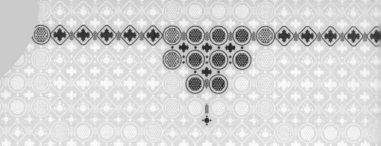

春帷不揭，柳絮不飛。只有我的容顏，停留此處。我綻放著生命最終的美麗，代替遠方無法訴說的祝福。至少，今天我是她生命的歌者。希望她遇見幸福。

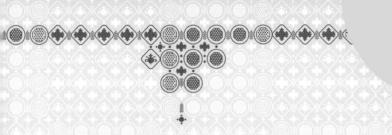

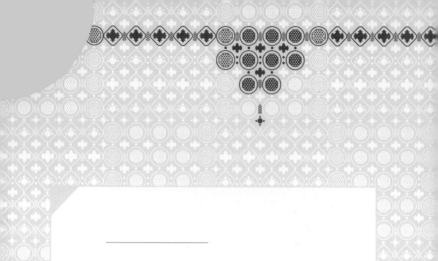

在愛情裡，我們都既年輕也年老。

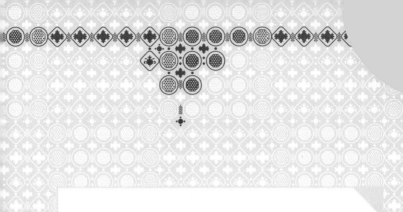

時間稀釋了濃濃的想念，那時思念
不再是甜蜜的苦，而是如咖啡般淡
淡的思愁。於是兩個居於相同城市
或不同城市的人，透過一點點苦澀
的思念，被永久的聯結。此時時間
不再稀釋彼此的想念，它成了一個
長廊，彼此不用相會，但也永不遺
忘。

那晚，你記得嗎？我們靜靜泛舟，槳聲節
奏地打著，催促我們的愛情。二十二年過
去了，我始終記得你的生日，你始終惦著
我們最後泛舟分離的日子。每年此刻我的
手機會響起你的聲音；而今夜手機又顯示
你的來電，我終究也只是在你的手機螢幕
留下印記。一個城市，倆人永不相見。勿
須柔聲回語，就這麼一輩子吧。

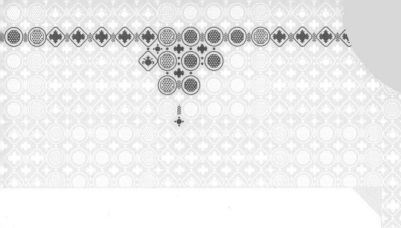

———————————

愛情是一場賭注。我們都擲下了輪盤中的
骰子，任由生命滾動。於是幸福與不幸，
正如擺盪的鞦韆，誰也料不得終了故事的
結尾將停於那一格。

張小嫻

愛情是優雅的，生活卻有太多的不雅。兩個人可以衝破許多困難和障礙，義無反顧地走在一起。然而，當兩個人在一起之後，他們才發現許多生活的細節瑣碎如許，不值一提，卻又非同小可。愛情往往不是敗於大是大非之下，而是流逝於微小的生活裡。
　　　　　　　　　　——《永不永不說再見》

陳文茜

愛情若流逝於微小的生活之間，表示那椿愛情故事虛幻成分太多或者激情多過於愛情。年輕人的愛情流逝於微小的日日夜夜，然後像吹泡泡般，又美又容易破滅。真情相愛的人反倒在微小生活中，建立一點一滴深情的回憶；使他們分離的反而是大是大非。

蔡康永

上段戀情，全心投入，結果重傷。於是這次戀愛怕受傷，就很保留。這意味著：上次那個傷你的爛人，得到最完整的你，而這次這個發展中的情人，得到個很冷淡的你。

陳文茜

我不會稱傷害我的人為爛人。當我知道他的品格時，我的工作只剩下徹底忘了他。如今他對我已是一位陌生人，我又擁有了自己的全部。他如果可稱為爛人，那麼此爛人的好處是提醒我，過去我的情人及現在圍繞我身邊的朋友，有多麼美好。

張小嫻

我不希望結婚是因為別無選擇。人生很短，找到一個相愛的人，要好好珍惜。可是，找不到又何苦屈就？還沒聽說過不結婚不能進天堂呢，只聽說過許多人跟自己不愛的人結婚了，從此好像進了地獄。

陳文茜

寧願一個人活著，學習珍愛自己，好過強求的戀情，結果走進了地獄。

張小嫻

在一起一年、兩年、三年、四年……，牽手走過了無數個春夏秋冬，體會了無數喜怒哀樂，經歷了無數小災大難，最後和你牽手走上紅地毯的人，竟然不是我；而我身邊站著的男人，也不是你。我最害怕的事，是我最終沒有嫁給你。

陳文茜

歷經春夏秋冬，走過大災小難，最終你和我願意牽手的都是另外一個人。在那麼多年的回憶中，我仍走向紅毯，遠遠地看著妻子向我走來，我的視線渺茫，我的回憶清晰，那曾經失去的，多麼害怕。如今，一切已成真。新娘靠近了，我們互望一眼，過去在那瞬間，過去了。

詹仁雄

分手一年三個月又零八天,拿到了
本週運勢,她還是改不掉連他星座
一起看的習慣⋯⋯

蔡康永

輕輕嘆口氣⋯⋯

陳文茜

是不捨,想看他好不好?還是怨
恨,不想要他快樂?

張小嫻

好的愛情是你透過一個人看到世界，壞的愛情是你為了一個人而捨棄世界。

陳文茜

不虛此行的愛情是你透過一個人，徹底看破了人性；令人留戀的愛情是你透過一個人，進而更信賴整個世界。

失戀了，人生跌入谷底。衣裙尚存花香，
花朵早已枯乾。你的心已離身，日子都變
得如此長久。晨醒，只想黃昏黑夜趕緊到
來，一天比一天難熬。一個女孩對著我說，
她失戀了。眼中沒有了顏色，世間只剩絕
望的黑白。我告訴她，去墳前，坐於墓地。
想想如果明天妳就要死了，妳現在在乎的
事，還是個事兒嗎？

有的時候，
我們放棄愛情，
只是爲了拯救自己。

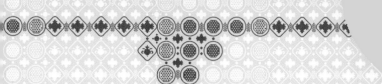

張小嫻

曾經以為，離別是離開不愛的人，有一天，長大了，才發現，有一種離別，是離開你愛的人；有一種離別，是擦著眼淚，不敢回首。

陳文茜

有一種離別，是為了愛而離開；有一種離別，既不敢流淚，也不敢回首；有一種離別，是人生摯愛的道別。

張小嫻

有一種愛，無處話淒涼。

陳文茜

有一種愛，讓妳脆弱，有一種寂寞，幫助妳成長，有一種堅強，是因無處話淒涼。

俗話說男兒有淚不輕彈。美國心理學統計，
一個哭的男人比堅強的男子容易在酒吧釣
女孩。男兒輕淚有時的確令人動容，但有
時只是勒索同情。他的淚不是真情，而是
工具。心理學測驗女性天生有強大母性，
容易被流淚的男人欺騙。如果碰到小事即
哭訴的男人，鄙視而非疼惜他，可以的話
建議他別浪費衛生紙。

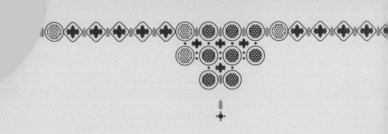

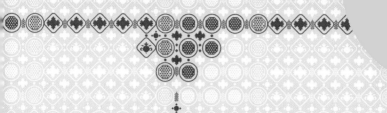

張小嫻

許多女人一輩子都是和男人的潛力戀愛。
她愛上的，是他的潛力。她相信這個男人
將來會有她所期望的成就，他也會變成她
所渴望的那種人。她和一種期待戀愛，直
到她的期待落空了，她也就失戀。

——《擁抱》

陳文茜

看人品吧！人品好的，會等到美好的戀情；
人品卑劣的，妳付出之後，得到的是一樁
謊言故事。因此心像中毒般地痛。

張小嫻

人所有的卑微、寒磣、煩惱和痛苦，所有
的委屈和眼淚，是不是都因為有求？

陳文茜

也因此當人活得太卑微，太痛苦，無論他
求得了什麼，最終生命是一場空。

張小嫺

男人對女人的傷害，不一定是他愛上了別人，而是他在她有所期待的時候讓她失望，在她脆弱的時候沒有扶她一把，在她成功的時候竟然妒忌她。這種種傷害，要怎麼說呢？一開口就想哭。

——《愛上了你》

陳文茜

愛上別人，只是愛情裡最小的傷害。男人對女人最大的傷害，是當她地位低微時鄙視她；當她成功時，嫉妒她；當她有名時，消費利用她；當她脆弱時，不扶她一把；而當自己脆弱時，天天要求女人賢惠地扶持他。這種傷害，痛地連哭，也哭不出來。

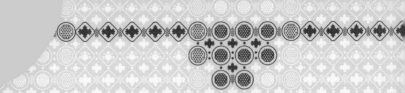

張小嫻

苦戀使人老。

陳文茜

苦戀，
若能勇敢放手，
使人年輕。

人要學習解脫回憶。解脫妳曾愛過的，怨
過的，忍受過的，折磨過的……。當一切
的解脫從你的內心一一釋放，你的心先是
空了，接著愛才能慢慢、也滿滿地填進來。

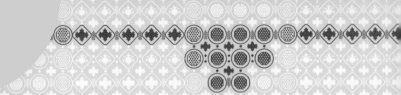

妳飄忽其上，我們見不到妳，只看到了妳
光亮的餘暉。我是暗沉的土，在浪水中掙
扎，並仰望等待著妳。寫給美麗的奶茶，
上班車途中。

阿信

郵票對信封說，「是你讓我有了涵義」。
信封對郵票說，「是你讓我能夠飛行」。「讓
我們從此緊緊黏在一起吧……」。這就是
所謂愛情嗎？

陳文茜

然後信紙同時對信封及郵票說，愛情最重
要的是裡頭裝了什麼。

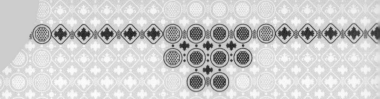

有一種等待，不只換來絕望，甚至心碎。
妳在他鋪織的創傷過往中撫慰他，等待。
結果他不只沉溺過去，還不斷編織新的挫
傷。妳仍像母親般，等待他長大；有一天
妳發現那些創傷只是他拒絕長大，甚至無
理取鬧的藉口，於是妳心碎了；碎地很徹
底。好的愛情，不用等待；要求妳等待的，
只是不負責任的情人。

背叛傷害不了妳，傷害妳的是妳不夠理解情感本無常，將之定義爲背叛；分手傷害不了妳，它不過是一段姻緣的結束，傷害妳的是妳並非提出分手的一方，受傷的是自尊心；絕情傷害不了妳，傷害妳的是妳未看透交往的人非慈善之人，因此痛的是暫時無法消逝的回憶。十年來固定捎來的七夕祝福之花，最美。

一個女子問我如何愼選伴侶？錯時如何即時揮別？我告訴她愛情不是得到，就是學到。得到幸福，好好珍惜；遇見錯的人，誠實認清，勇敢放下。之後不是怨，而是反省這一切經歷的原委，尤其看清自己而非他人的弱點。那即使是一場不堪回首的情事，都可以幫助妳成長。

人生的另一半還是自己。我們渴望愛情，
有一大部分來自於渴望脫離孤獨。但人若
不能和自己相處，如何和他人相處？我們
只是不負責任地把自己丟給對方，要別人
承擔我們的脆弱、恐慌或殘缺。愛情失敗
了，不管以何種方式失敗，都是一門自我
修行的功課。它是難得的人生視窗，幫助
我們成長。

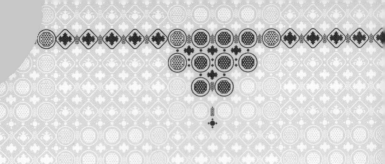

一個看輕自己的人，必然得不到幸福；而一個過度愛自己的人，也得不到幸福。連自己都不愛的人，怎麼懂得愛？而只愛自己的人，又怎麼配得上幸福二字？愛情的第一門功課先學會適度的愛自己，第二門恰當的愛一個值得妳愛的人。圖為我一生最懷念的情人送來咖啡壺，那麼多年分離了，他還記得我偏愛的藍。

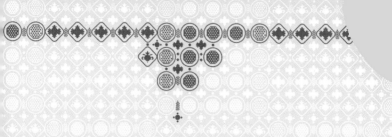

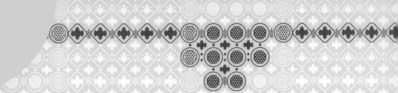

愛情好似萬花筒，迷戀時把眼擠進一個愛
情的小洞口，好不容易擠出一個璀璨畫面，
陶醉其間；等愛情變了，原本拼湊的畫面
就碎了。但人需要心碎嗎？搖一搖，萬花
筒又是一個全新的
畫面。圖為朋友自喜
馬拉雅山二千公尺
帶回藥草花精。心碎
時，擦於心口，懂得
愛自己，即痊癒了。

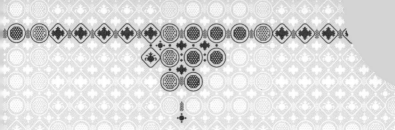

———————————

每一段戀情開始時，總是那麼美好。即使
偶爾風雨，我們相信朝陽還是會如期出現。
談戀愛的人兒，誤以為愛情永不消逝，其
實愛情在歲月中也會流失。直至走到終了，
我們才驚醒曾經的快樂已成雲煙。愛情結
束時，我們能求的只剩雙方好好分手，有
如一支旋律美好的送葬曲，讓愛情在悠揚
的音符慶典中死去。

放手也是一種愛。

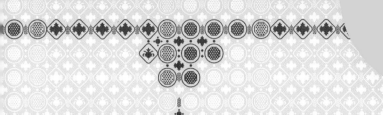

─────────────────

這一生，你是否已累積過多的傷痕，它遮蔽了你的心，你的眼，錯過一個人，始終沒有對她說出那句最重要的話；愛，或是懺悔的話？以致此生每天你除了回應困境外，一直都活在往事的糾纏之中。

你送別我至機艙口，踏上軌道前，你抓緊
了我深情吻別。你我都知道此去之後，我
們的人生將永遠分離，惟一交集的只剩淺
淺的回憶。我不願分辨你的不捨是微弱的
珍惜還是抉擇的無奈，你的眼睛流著淚，
我的心中淌著血。然後，飛機起飛了；我
在空中，你在地面。這時，我才有勇氣說出：
再見，我的愛。

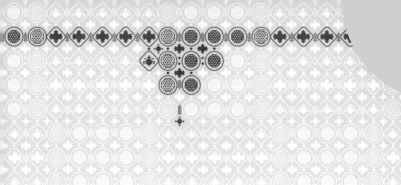

我的愛情成長故事：看一個人切忌莫沉迷
於當下甜蜜，看他如何和前任或前幾任朋
友分手。若一路絕情，不論理由是什麼，
物件是誰，他必是絕情之人。分手是照妖
鏡，他已無所顧忌，良善地會替對方想，
有教養的會維持基本禮貌，自私透頂的不
管今天對你如何甜言蜜語，都是他恆久不
變的本質。日久，即浮現。

我會一直等著你，守在窗前。不論你在那裡，足落何方，我會持續不斷地思念你。想像你的模樣，等待你的歸來，在每一個熟悉的影子中尋找你。……直到我也終於離去的那一天。

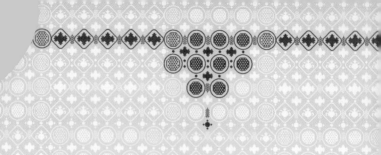

一切都入睡了，包括曾經的謊言。她們已
過著平靜的日子，你仍繼續新的謊言演出。
所有曾經相信你、愛你的，都痛過了，然
後一一遠去。或許你仍相信自己的演技，
但那註定了你孤魂般的命運。在熙來攘往
的人群中，白天你是小丑，夜裡你是一個
眼不敢往後看，心無法往前走的顫抖盲魂。
〈給擅長欺騙的人〉

愛也許是個休息的地方，一個暴風雨中的
避難所；愛也可能是波瀾洶湧的海浪，帶
給人不斷的波折痛苦。它有時如天寒中的
火；有時如陰雨中的閃電。但無論愛是好，
還是壞，它始終長生不老。因為我們都需
要愛。

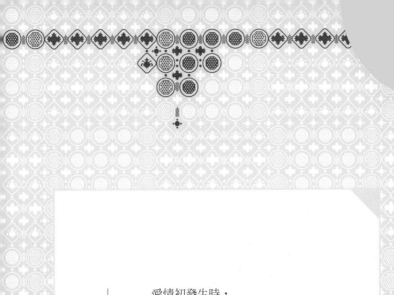

愛情初發生時，
總把人塡地滿滿的。
人們如此渴望，
不過是爲了趕走孤獨。

清吹一口氣，察覺愛情的消失，輕拍一下肩膀，發現幸福的沉重，再閉上雙眼，一切已成往事。

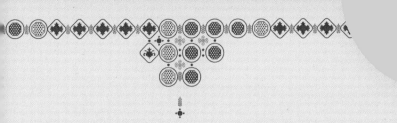

如果這輩子我們的世界只有愛情、親情，
就像活在魚缸中的魚，即便一旁花團錦簇，
美不勝收，氧氣永遠不足。人生要有大愛。

太多話，有時會翻滾人生無法承受之痛。

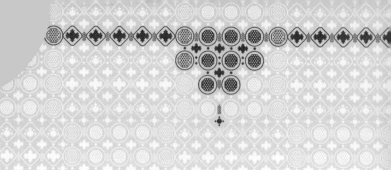

牠的生命還有幾次看雪的權利？

請問，偉大的人類？

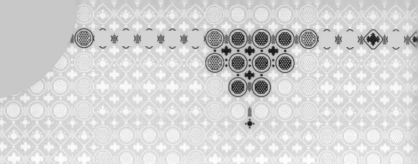

我們生存的土地，
不只是先祖留給我們的，
也是我們向下一代借來的。

不只人生，宇宙也不是靜態的。一九二〇年哈伯在 Pasadena 使用一百吋望遠鏡，發現所有星球都在遠離地球。愈遙遠，遠離愈快。他稱之加速度式拋棄。人生正如宇宙的起源，只是一個小小的點，只是我們不斷膨脹自己，忘卻總有一天，一切本會遠離。請習慣失去這件事，因為終究我們會失去所有，包括生命。

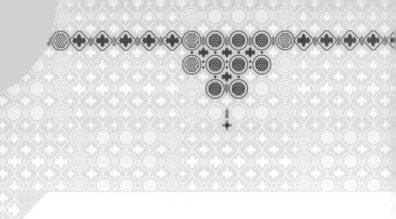

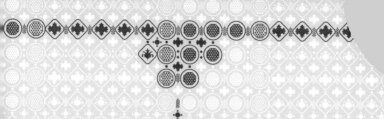

一個日月潭小甕裡的水蓮適時綻放，不問
蒼海喧鬧，獨自佇立，它無意此時來到人
間，把自己當緣分，也當成受傷土地的掛
念。它無所求，見到的人，可以記憶，也
可以遺忘。

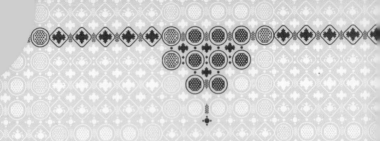

颱風過後，有些葉子選擇掉落，有的頑強留枝頭，有些樹乾脆斷了根頭。離枝離葉，沒有一片花瓣哭出聲來。它們本來早知命運難料，不執迷，因此當無情風雨襲擊時，沒有驚恐，沒有哀傷。它們只是以不同方式完成了自己。花樹比我們都悟空，也堅強。

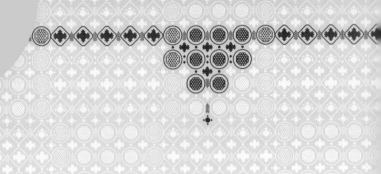

海上的雲朵，佇立眼前，齊站成一排。比
長城脆弱，比長城溫柔。雲外沒有敵人，
它們只是站在那裡，展示大地對我們的愛，
不求回報。像不離不棄的家人。

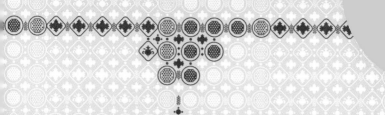

海。大自然的美。城市有若圍牆，我們都
是圍牆裡的囚犯，苦苦於其中相互殘殺。
海浪則是最慷慨的朋友，毫不吝惜不間斷
送上一波又一波的祝福。離開城市，擁抱
海。

我在雨前，目視垂死大自然的矇矓眼神。

雨後花落，我欠他們一滴眼淚。

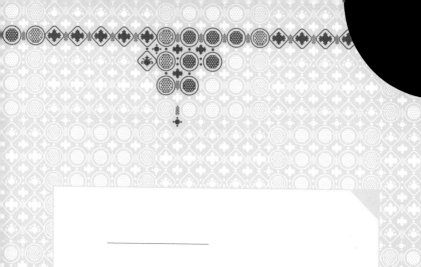

台北下了一夜淒風苦雨。晨起，天昏雨落
鳥未鳴：原來昨日的美好是爲今日的不美
好鋪路。

大颱風之前的藍色天空，如此寧靜，安祥，白雲朵朵，沒有一絲絲的驚恐。今夜暴風雨將降臨，雲朵將或被吹離，拆散，甚或吞噬。但它們選擇享受此刻的一切。即使遠方不幸的命運即將降臨，它們仍感謝有一名知己於某年某月某日記錄了這美好的當下。

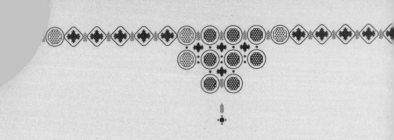

牠或許只是你人生的一部分，但你卻是牠
人生的全部。請好好愛動物。

颱風天，大雨傾注，天像嚎哭的婦人，也像瀑布，把長久積鬱的淚水，盡情飛濺於大地。川流變成急湍，河與道路再轉化如怒吼的男子，淹沒一旁無辜的人家。這是一場天地之間的清算，而我們皆捲入其中。終於，今早，風與大地爭執暫歇，人可以平安過日子了。

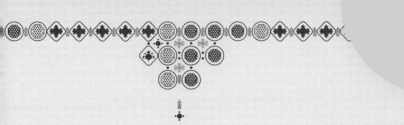

燒一炷檀香，讀托克威爾。書寫印第安人
雖無知，但絕不卑劣。因為他們的生活態
度面對大地和自我皆平等而自由。托克威
爾結語：人在貴族國家比別處粗魯，在華
麗城市比在鄉間粗魯。

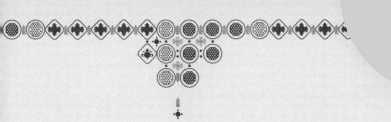

———————

晴朗的日子，是老天爲了讓你看得更遠。

蔣勳送荷，花盛開。荷，出淤泥而不染；
人為何總找汙穢的環境或不幸的過往當藉
口，然後大大方方玷汙自己的靈魂呢？

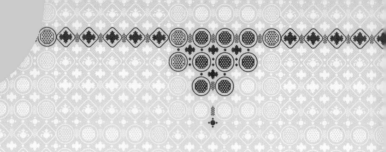

Smokey 周年忌日。一年前此刻，牠正咳著，
無人意識牠已開始了最後的死亡旅程。晚
間十一點三十分，我最忠實的伴侶走了。
台北今日天晴，雲朵輕白，親愛的孩子，
天堂上的你快樂嗎？還記得我嗎？燒一炷
香，晚上向星星許願，孩子，別怕！媽媽
永遠愛你，想你。

即使孤獨地佇立大地，我亦復如此。人不必在乎不爲人理解，只需時時檢視我們是否已偏離自我的信念太遠。寧願寂寥，不盲從。

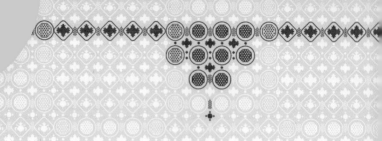

傳說中的陽明山大屯山系火山口。台灣大
學地質系鑒定沉睡三百年的火山已開始活
躍了。屆時我若仍居此山頭，將有一場免
費又浩大的喪禮。

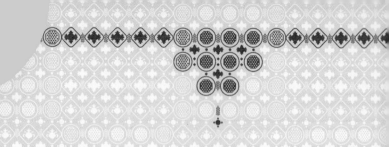

我們總聽說時間是治癒情傷最好的藥方，如今換經濟學家說，只有時間才能為這場經濟大衰退療傷止痛。但時間啊！時間，你需要多長？那可是許多年輕人一生最珍貴的青春歲月啊！圖為趙少康送我捷克水晶杯，美而空，靜靜等待填入好液體，如同年輕人空等的青春。

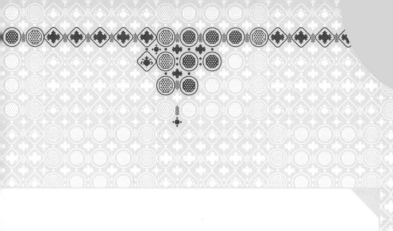

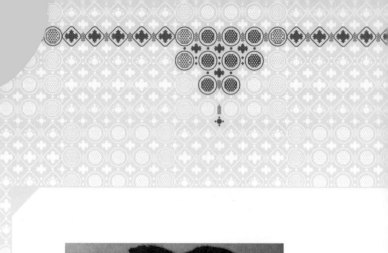

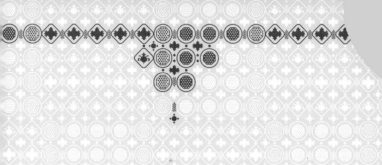

在沒有鏡子的年代，人必須依賴水中倒影，
才能看清自己的模樣。現在我們有了鏡子，
看自己的外相看得清，看內相，是否也不
過是水中倒影，模糊甚且只是幻象呢？圖
爲蔣勳寄自利根川仕女圖。在川流倒影中，
老友惦念，寄來明信片，很溫暖。

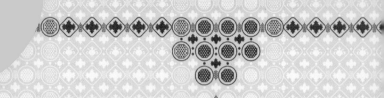

人生出現的一切，都只是經歷，所謂擁有，
不過是一時，那怕一生都擁有，人生離去
時也隨著失去。擁有愈多，離開人世時愈
放不下。

委屈使人強大，
在委屈中退怯的人，
不是因爲委屈，
而是自己過度脆弱的心。

世界上最遠的距離是什麼呢?
自己和自己的心。

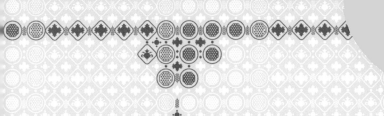

沒有一個地方叫遠方。

Richard Bach

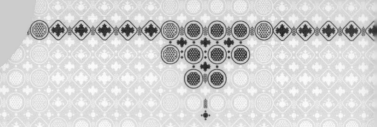

紫色椅與鏡中之影。我們每日只能從鏡中看自己，反倒他人可以直觀我們。到底他人看到的我們是具象還是表相？我們看到的自己是幻相還是真相？追思半百，我的答案是你敢不敢面對自己。如果夠誠實，你看到的自己是真相；如果不夠誠實，你認識的自己其實是幻相。最慘的是別人皆已看穿了你，只有你不自覺。

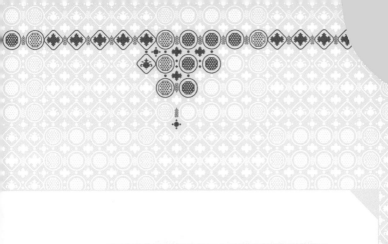

「丟下你手中的劍」，忘記曾經擁有的形
式，忘卻曾歷經的羞與辱。不只因爲它已
過去，更因爲放下劍的人，才能成爲喜樂
的人。

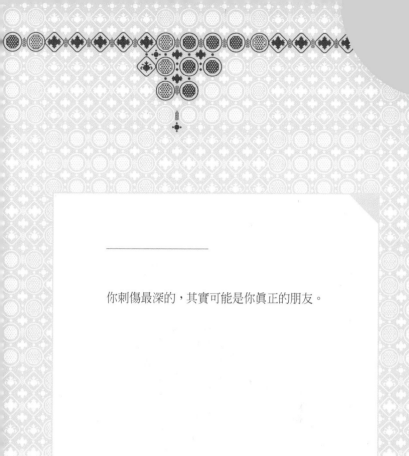

你刺傷最深的，其實可能是你眞正的朋友。

昨日開始只剩微燒，不再血尿，於是帶著
小病，走看山與海。生病，是老天要妳停
下來，聽久違未曾感受的心跳。那兒隱藏
了許多人刻意遺忘的生活殘渣，清清它，
或重拾它，都是病痛給人的禮物。

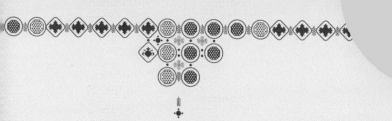

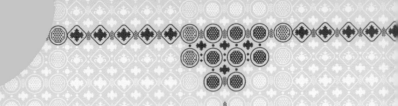

我們的今天永遠比明日年輕。年輕時，青春長，往往忽略珍惜二字；年長了，青春漸失，也因此學會了格外珍惜。所以我，永遠年輕。至少永遠比明天的我年輕。

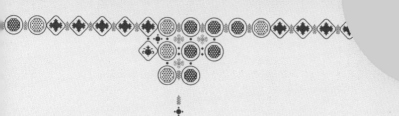

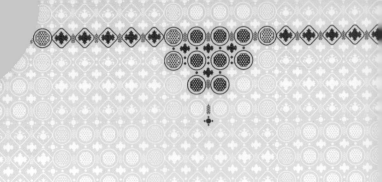

一隻手，可以撐起人生，也可以摔落人生。
總在一個轉念之間，你讓自己不白白活過，
往後看是懺悔與成長，往前走是不虛誇的
毅力。善念，在心中蔓延，人生一路心安。

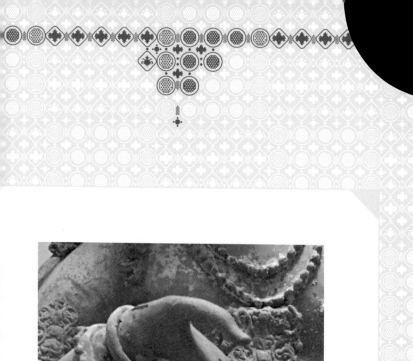

成名，是特權也是陷阱。虛榮的人只看到成名的虛幻，卻不知人飄渺雲中，一不小心就得摔落地粉身碎骨。

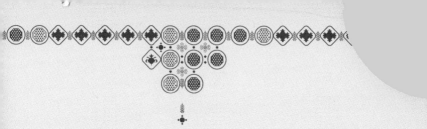

　一個人爲什麼會喪失信賴的能力？答案往往不在他的遭遇，而在他的內心。心有若一面鏡子，當心是汙濁時，他看到的世界是汙濁的；當心是猜忌的，他看到的世界是猜忌的。他以爲人人都在暗算他，那是因爲他天天都想著如何暗算別人。遇見不斷訴說黑暗的人，趕緊遠離他。黑暗的不是他的遭遇，而是他的心。

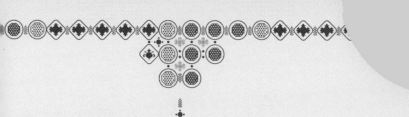

正直很難嗎？其實欺騙一生比正直一生危險。欺騙可以暫時不被拆穿，短時間內好像佔了便宜；但一旦被發現，它即把你的人格評價有若骨牌般推倒。欺騙有如鴉片，它讓人上癮也設下陷阱。欺騙人剛開始或可嚐到甜頭，看似未被拆穿，其實正在累積你摔落的能量。騙地愈久愈大，摔地愈深。正直一生，互勉。

許多人穿得光鮮，腦袋空空。一開口即洩了底，終生提著殘腦面對世界，好像擁有很多，好像虛榮光亮。但一遇人生困境，名錶救不了你，名包提不起你，名車無法帶你逃離困境。光鮮的一生，即使至死方休，也只是壽衣穿得體面。這樣的你，快樂嗎？

哈佛商學院創新大師眼看曾經卓越的朋友
坐牢，接著自己罹癌，人生末了於哈佛畢
業典禮發表演講，要學生三問人生，一問：
你對工作有熱情嗎？二問：你對你所愛的
人及家庭夠付出嗎？三問：你這一生夠正
直嗎？人生多半在工作，如果只在乎薪水
高低，不在乎它是否符合你的夢想，那表
示你一生都很不快樂。

哈佛商學院大師第三問：你一生夠正直嗎？
他發現當年哈佛同學恩隆案坐牢，牛津同
窗內線交易坐牢，都是因為忘記正直的原
則，於是人生從高處跌落。而導致他們摔
跤的，在人生比例上都是小事；因此他鼓
勵青年要堅持百分之百原則，那些以為百
分之九十五就夠的，往往就垮在百分之五
之事。

虛榮是動力，也是毀滅。它把你人生帶向
虛幻的高峰，但永遠蘊藏無聲無息的毀滅。
虛榮的路，有一天會以虛幻且猙獰且殘酷
的方式出現。人生最終一無所有。

妳或你曾經覺得被他人賤踏嗎？美國一名教授在課堂上拿一張二十元鈔票，問學生誰要？每個人都舉手，要！接著老師把二十元美鈔在地上踐踏，手搓揉，紙鈔瞬間皺褶。然後老師再問同學誰要？每個人都還是舉了手。教授結語：如果你是有價值的，不要在乎別人如何踐踏你，因為你的價值從不因他人而改變。

注意你的思想，它們會變為言語。
注意你的言語，它們會變為行動。
注意你的行動，它們會變為習慣。
注意你的習慣，它們會變為性格。
注意你的性格，它們會變為你的命運。

——柴契爾夫人名言

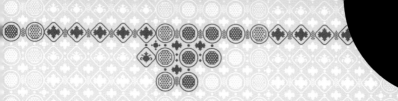

人生有許多道牆，我們以為它是敵人或障礙，但其實它可為你攀登下一人生風景的支撐。一步一步往上走，初期很累，漸漸你探出了頭，發現另外一個世界，於是穿越每一道牆成了生命中最精采的記憶。什麼是失敗者，就是遇到牆便退縮或以不當方式面對的人。他的人生不只放棄了自我，還失去攀登過程中的成長機會。

別和一個笨蛋瞎扯，
他會把你拖至與他相同的水準，
然後以他熟悉的愚蠢打敗你。

把寬容留給別人是偉大，
留給自己是縱容。
那是人性墮落的鑰匙。

我們一生直到死亡前才感受生命的急迫。
多數時刻，我們揮霍著時間，好像它是一
個無窮無盡的寶盒。我們的人生總在等待，
那麼眷戀又那麼害怕改變，一步路也跨不
出去。每一次動念，我們都得和靈魂交換
一點猶豫，直到某一天降臨。我們後悔了，
但又已太遲了。

人生終究免不了失敗。沒有一個人可以永遠成功，即使在事業上成功，也會在心靈上空虛或愛情裡挫敗。人的一生最重要的是不白活，在你倒下前沒有終點，習慣沿途的笑和淚，沒有什麼是永遠，永遠在宇宙中不過是瞬間。只需持續地追逐，錯了再來，人最不需要的字眼是，恐懼。

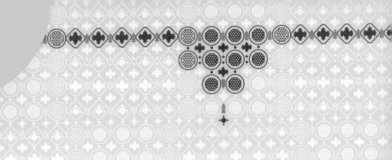

純淨的海洋，洗滌了旅人心裡的汙穢。可惜它只是一段短暫的旅程，回到凡世，我們不自覺地又爲了名利前程瘋狂累積骯髒的東西，直往心裡丟；那個曾經純淨的心靈，終究只是一張紀念圖片。

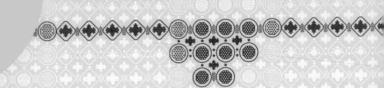

澳洲，當年英國罪犯流放地。罪犯以為人生從此將了結於猛獸叢林之中，惟一糊口工作當英國探險家嚮導。一八五一年某一嚮導發現一條麥克利河床底下遍地金砂，改變了澳大利亞。六個月後第一筆黃金運抵倫敦，四分之一倫敦人搶著買船票至澳洲。而淘金成功的前罪犯宣佈：過去我是誰不重要，從此我是紳士。

　　上回人類相信世界末日預言，發生於一八
九九年，十九、二十世紀交會年。富豪面
對末日找盡名目開Party，杯觥交錯之間，
逃避咒語，也即時最後的享樂，史稱宴會
年代。美國因此出現滿街胖子。有個胖子
死後解剖，胃比常人大四倍，而大胖子塔
虎脫當上了美國總統，重達一百五十公
斤。這段歷史簡稱愈末日，愈享樂，也愈
肥胖。

女人每天該花多少時間打扮自己？英國女王伊莉沙白一世穿戴頭飾華服，彰顯女王威嚴，據說每天至少花她四小時。天啊！

記者問：影響我最深的書？答案：
Playboy。十三歲時第一回在同學
哥哥床底下偷看花花公子畫報，當
下即明瞭若是我的人生以追求美貌
及魔鬼身材爲目標，我只能選擇自
殺一路。我不願意，毅然做出反
抗，從此便開啓了追求知識的人生
旅程。

爲何我不靠外力減肥？其實所有的外力只是小小的推手，但一旦依賴，就成了石頭。妳心裡因此無法下定決心，意志力薄弱，美食當前，心裡不免給自己找藉口：吃了吧……反正有……幫忙。人做什麼事切忌依賴及半途而廢，一口氣做到底且知非如此不可，方可成。

我的減肥方法：每天照鏡子，知道其形可憎。下定決心，無一天反悔。每天早上吃精力湯，零脂不加糖拿鐵，助腸蠕動；中午吃甚飽，但減少澱粉類，晚餐吃火龍果，小蕃茄，筍。吃到飽，前二個月應酬只吃中飯，後來先吃火龍果等吃半飽才赴宴。一個月瘦三公斤，持之以恆，才能瘦得健康。絕不抽脂，或靠外力。

看劉翔單腳退出比賽，最終親吻欄杆，像對一位再熟悉不過的朋友道別。英國與西班牙選手前來扶著他們昔日的英雄走出會場。運動員的人生如慧星，自小苦練，咬緊牙關，一生就爲了那幾刻。然後突然一切嘎然終止，殞落，結束了。他們都知道自己的命運，因此惺惺相惜。因爲下一個受傷摔倒的，可能就是自己。

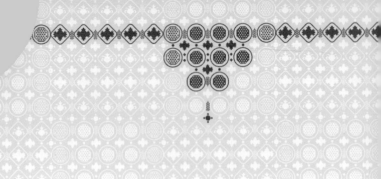

苗栗薰衣草森林，你可以寄一封信給自己，
家人，x情人，愛或不愛了皆可。這裡是世
界上最慢的郵差，記錄你某一天某一刻的
心情。某日收信時，莞爾一笑。

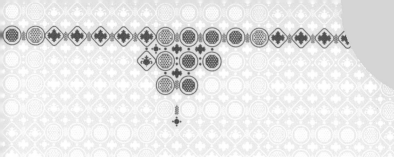

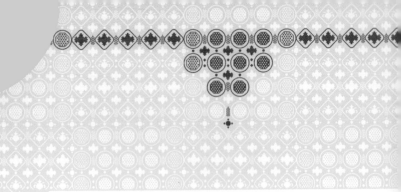

　為颱風天逃離山上，雨水如傾盆毫不客氣敲打玻璃落地窗，原本美景的享受，轉換成淒風狂雨的虐待。住宿好漾民宿，暖暖的小房，倒楣事成了快意事。我一貫人生哲學。

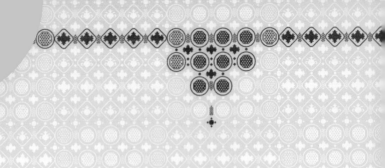

淡水榕堤，午間陽光肆無忌憚穿越，一個
可納涼的河邊餐廳。榕樹相伴，遠眺淡水
出海。一切回憶慢慢流出，暖暖地，人生
只剩下美好的憧憬。

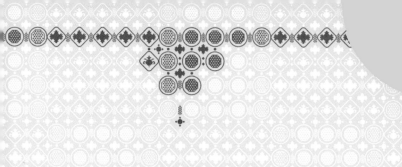

在台灣東部宜蘭，享食國際廚藝比賽金鼎料理，第一道菜：酸甜苦辣，名人生。第二道菜打結的日子，秋刀魚包紙內，上結繩，打開魚鮮甜美。人生就怕打開不了自己的困繩。

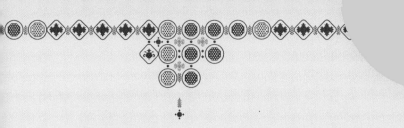

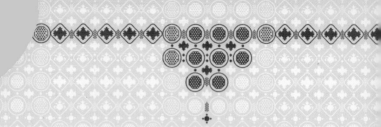

───────────

在台北永康街小自由咖啡館遇鸚鵡 Hakuna
與其主人，相倚爲命，據說可活六十年。
害羞，不說話。

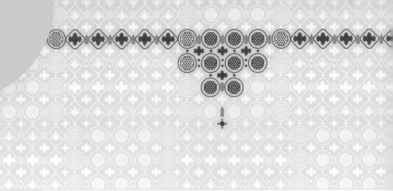

圖片提供之遠流影像

昨夜喝威士忌，想起邱吉爾。訪白宮晨起，
即要求飲一杯帶冰威士忌。白宮十五年後
公佈檔案，事務長記錄邱生活評語：酒鬼，
一早就喝。他從首相位子下台，家還沒修
好，暫住旅館。門房回憶，邱老吹口哨，唱：
南極北極，我追趕不及。

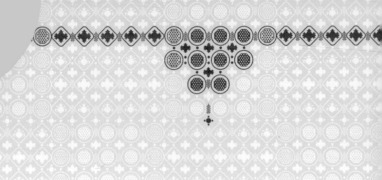

日月潭雨迷濛，像披上薄紗的女子，誘人
卻清純如天使。不用去峇里島，當地是熱
情，這裡是詩情。

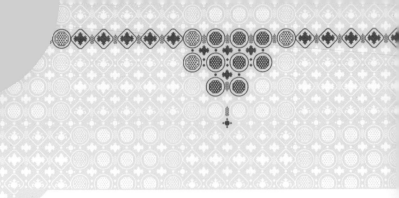

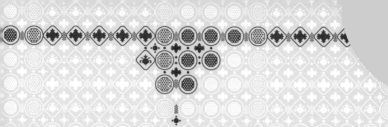

日月潭雲品頂樓，雨在湖上飛舞。

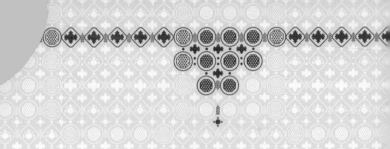

天漸暗，
雨水混合淡淡的光與我們道別。
坐在露台，
等待結束。

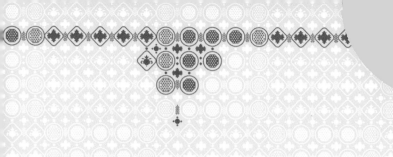

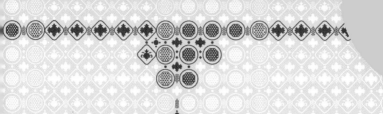

一隻白鷺鷥飛越日月潭，由此岸展翅飛往
彼岸。牠累了嗎？渴望下一個棲息之地？
牠正快樂地翱翔，享受潭水相伴祝福？還
是依依不捨離開母親？鳥兒不語，牠的智
慧已超越一切紛擾，牠只是往前行。甚至
勿須告別。

每一個新的一天，
都寓言生老病死，
相遇與分離的故事。
雲品別致的早餐。

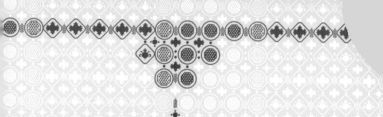

我們總有熱情耗盡的時候，
所以退在這個角落最好。
日月潭的小樹，
伴湖邊。

———————————

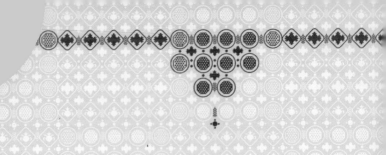

日月潭夕陽西下。
再會，
雲兒。
明日此刻，
我已遠去。

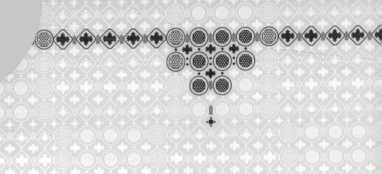

雲門舞集兩千場,三十九年,舞遍全球。
親身參與歷史,想哭。當年舞者的身體都
老了,年輕的肉體接棒昂首飛躍。林懷民
白了頭髮,卻沒有白了堅持。三十九年,
我們歷經多少孤寂,吵鬧,事件……始終
不變的只有雲門,也只有雲門。

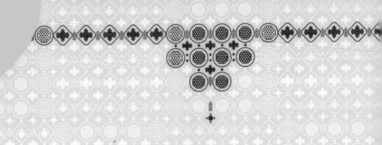

九歌演出，舞台上荷花每日從台灣南部林懷民故鄉嘉義運送，即使港澳演出也如此。工作人員問林懷民，何必堅持運真的荷花？假的觀眾也分不清！林懷民回：我的內心分地清。於是澳門演九歌當日颱風天，雲門行政總監護著嘉義清晨剛採拾的荷花，飛到澳門。只為一個真字！圖片為九歌謝幕後的燭光與荷花。

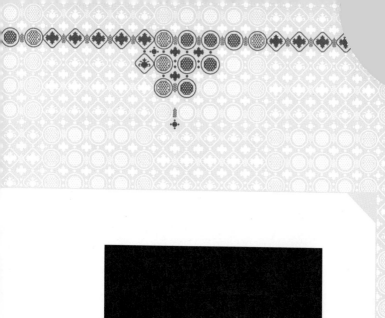

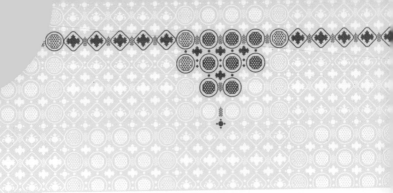

雲門 2000 場，林懷民簽名。五年前林懷民
至家中做客，送他回家已夜裡十二點，一
點多電話打來，告知雲門練習場燒了。打
開電視，他還戴著當日的圍巾，痛心注視
大火吞噬一切。今年九歌再演，服裝道具
重新製作。蔣勳以詩人的口吻說：燒地好！
圖為懷民簽名時，工作者告訴他我來了，
他赤子之心的表情。

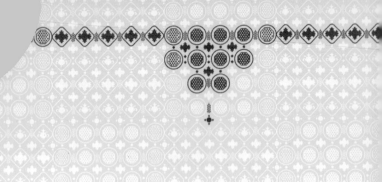

白與黑，陰與陽，人生不斷交錯。每次旋轉之間，不只軀體在轉動，靈魂也跟著流轉，起伏，衝突，剝蝕，復合。抓不住靈魂的人，往往就在千迴百轉中，迷茫渙散。人生於是成了一首殘破之曲。

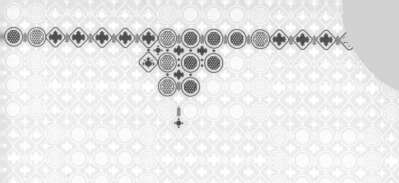

圖片提供／廣大詞典

卓越的畫家會從形物山水的具象，走向天地之間的謙遜。於是船可以只是幾條線，人只是一個點，山不過是暈染的墨。今晨我在窗前向著山谷長嘆，樹梢沒有動靜，那些我們以為有力量的聲音，即使穿透，山谷仍無動於衷。其實人很渺小。攝於富春山居電影首都博物館拍最後一幕字畫前。富春山居拯救了我的人生。

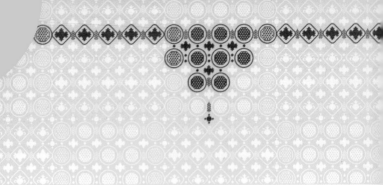

一張椅與它的畫像的對話。在相似之間，
有的老去，有的永恆。蔡明亮展覽。

人思考的世界若是宇宙，才能避免世俗框架，愛錢、愛面子……以及無法逃離的笨腦筋。霍普金斯大學時，醫生告知我的偶像 Stephen Hawking 只剩兩年壽命，並將死於呼吸衰竭。他沒理會兩年大限，惟一感覺倒楣。渾渾噩噩中閃電訂婚，別人問女孩為何願嫁她？女學者答：那時人們相信蘇聯核武兩年內，就會摧毀西方。

我的偶像 Stephen Hawking 現身殘奧開幕式，舞台上透過語音輔助器，激勵世人：抬頭望向星空，別低頭看地上，永遠保持著好奇心。

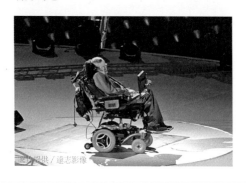

圖片提供／達志影像

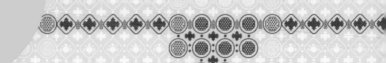

書，
我一生的情人。
如此之美！

世界是一本書，
停留某處的人，
只讀了一頁。

一個人會成為什麼樣的人，端看他
的父母架子上擺設什麼書籍。

人類歷史是一群瘋子的自傳。

罹患腦癌，且復發三次，人生眼看即將終了，你會做什麼？David Schriber，法國精神科醫師在醫生告訴他第三次腫瘤復發時，決定冒險騎單車回家。他知道危險，但當生命已無路可退時，他決定慢慢享受沿路巴黎風景。訣別讓人害怕，但他選擇拒絕膽怯，寧可面對，向相愛的朋友及家人，說好多次再見，再見。

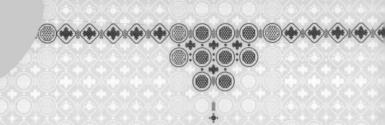

高壓專制的年代能不能孕育好作家？舉也
是諾貝爾獎得主 Günter Grass 為例：這裡
農田膨脹，已經圍住了每一張床……土地
正在呼喊。……你們，你們將從洪水浮出
水面，我們已經沉沒。思念吧，當你們提
到我們的弱點，你們已經逃離黑暗的時代
……。葛拉斯曾加入納粹，歷經二戰，東
西德分裂。他的世紀，孕育了他的文學。

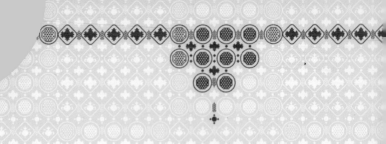

二〇一〇年美國國家書卷獎頒給《只是孩子》的女作家 Patti Smith。她小時在書店打工,最大夢想是有一天架子上放她的創作之書。領獎時她淚流滿面,致詞:拜託,請不要放棄書本。不管科技如何進步,它仍是人類最美好的事物。

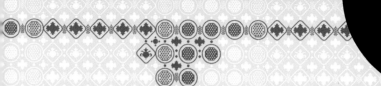

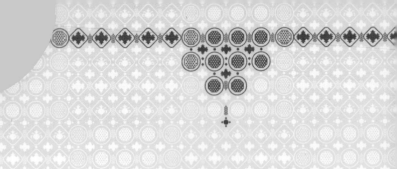

圖片提供／張延豪CFP

莫言得獎，想起張愛玲。她該不該擁有如是的文學地位呢？二十四歲成名，文字裡書寫愛與死、眞與假、地位與虛矯。她對祖先的虛榮與不屑，並存於小說中：他們只是靜靜躺在我的血液裡，等我死的時候，再死一次。先祖是詛咒，故國是異鄉，歷史是轟隆隆的火車，無情的開過去，終而碾碎一個曾經懷抱愛的女人。

李敖自大陸逃難至台箱子，歲月斑駁，箱子老了心不老。

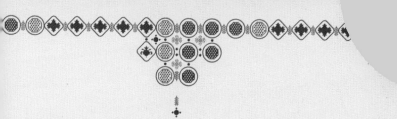

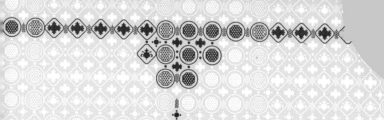

恩師我為你垂淚。你出身人道社會主義的
年代,然後目睹大革命——背叛你的信仰。
你出身極端年代,你的猶太血液又逼著你
認清民族主義的瘋狂。你仍想抓住主義裡
某些真誠,但你衷愛的歷史無情地向你攤
牌。我看著你風霜的臉,那不是歲月之痕,
而是徹底地刻痕;像刀刮一般無情歷史的
刻痕。我的恩師,我的淚。

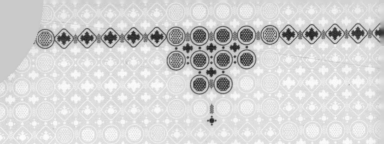

改寫 Leonard Cohen 詩 Mission：我已在工
作時工作，我已在睡覺時睡覺，我已在闔
眼時闔眼。現在我可以離開了，離開匱乏，
離開充實，離開愛的渴望。我的任務已結
束，但願我留下的一切能被懷念，也被寬
恕。我曾追逐我的身體，它也追逐我。我
渴望一艘帆船，帶領我走向人生到不了的
地方。

供／高志斌（CIP）

重翻英國倫敦奧運 Paul McCartney 終曲演唱的 HeyJude。簡譯如下，嘿，Jude，振作起來，雖然妳點到一首悲歌，但妳還是有能力把它唱好，記得讓她進入妳心中，妳會感覺愈來愈好，不要害怕……一切都會變好。不讓悲傷擊垮妳，也不要把所有問題留給自己。因為妳知道假裝沒感覺，只會使世界更無情……嘿，Jude。

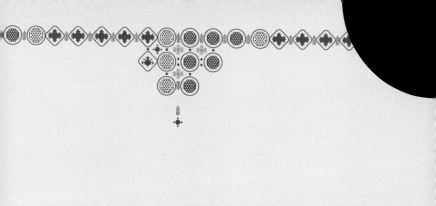

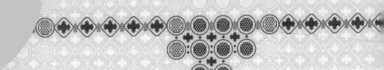

流動的音符是人生的休息站。旋律高低起
伏，轉動我們已經癱了、已經累了的靈魂。
它無意間挑動你已然沉寂的心，你重新活
過來，進入一個迷惘的狀態。女孩跟著哼
唱，風情萬種；男人聲嘶力竭，滿臉淚痕。
在音樂裡，我們往痛苦去，往幻想的愛情
去，往椎心的回憶去……一路唱到永遠。

我們總對幾首流行歌曲念念不忘。隨著曲調我們聲嘶力竭，投射自己。戀愛時我們哼唱《戀曲 1980》，高喊沒有人有占有的權利；失戀時我們低吟多麼痛的《領悟》。年華老去的女人老點唱《女人花》，想外遇的男子偷偷唱《驛動的心》。流行歌曲是我們心中最大的祕密，在一曲又一曲的普世音樂間，我們無意中洩露了自己。

李宗盛仲夏夜之夢 Party 入口，小李對底下大老闆們說，你們事業比我有成，但有著歌，我比你們幸福。

李宗盛拿起不怕冷風吹的一口氣,吹掉了
五十四年的歲月。

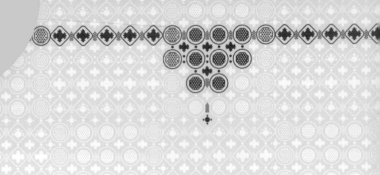

李宗盛高唱：你收回愛情，但至少留給我一點回憶，至少留下一點慈悲……，我以為我會報復，但最終獲得了領悟。

———————————

李宗盛唱完領悟，雙手合十。他為辛曉琪寫此曲，並不明瞭此曲將預言了他後來的孤獨。唱畢，手執麥克風，久久不能語。

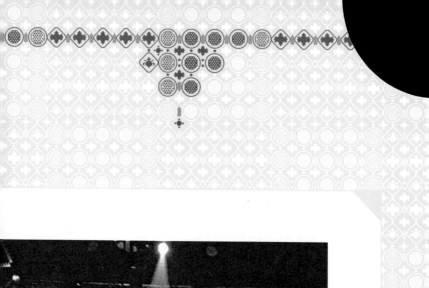

為什麼 Adele 的作品 Rolling in the deep 比 Someone like you 受歡迎？因為失戀中憤恨的慾念比祝福善心大的多，而且廣為共鳴。雖然我個人偏愛的是 Someone like you。

圖片提供／達志影像

英國爵士女王 Carol Kidd 演唱會，後台探
班。四十五歲嶄露頭角，五十歲才在愛丁
堡爵士節大紅。招牌曲：When I Dream：
當我入夢，你迎夢而來，我盼著有一天夢
境成眞。我可以建造比樹高的建築，我可
以輕易得到所有禮物……但我仍覺孤單，
我仍感生命一無所有。因爲當我入夢時，
你始終總在我的夢中。我盼著，有一天，
我的夢成眞。

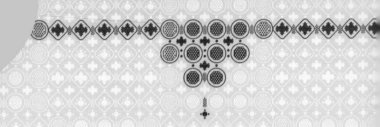

當你以為人生即將崩塌時，新生的力量已悄悄展開。訪問二〇一〇年世界麵包冠軍吳寶春，小時窮盡至抓鳥吃晚餐。去年揚名，才賺進第一桶百萬元，今年已提撥千萬福利金給員工分享。他記得一生幫助的人，也感恩曾稱他為狗的一位老闆。痛使他向上，惜今日之恩。

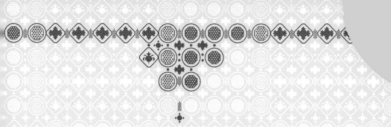

中秋至花蓮慈濟精舍見證嚴法師。上人聲音如林間之鳥，柔和輕脆，她感嘆問我：世間傳遞愛那麼難，渲染仇恨的力量為何那麼快？智者都有此困惑，我無語。席間，她堅持我吃下一口月餅，只有二公分大小；是祝福，也是提醒。剎那間，我找到了答案：是太多的需要與執念使人不幸福，也使恨那麼容易蔓延。

證嚴上人談宗教。她的數百萬信徒有基督，穆斯林，也有佛教徒。廣納教派，她告訴信眾，她不是聖人，她只是世間志工之心的傳遞者。所謂宗教，宗爲宗旨，教爲教育，教人們如何大愛濟助世人。四十七年來她在太平洋畔小精舍，不分對象，不分宗教，幫助全球天災地震洪水的災民。她瘦弱的身影，隱含了多麼龐大的力量。

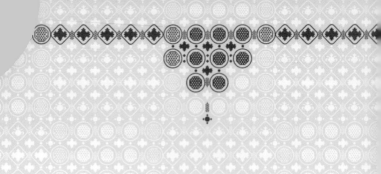

在慈濟，勿須月圓，心已圓了。

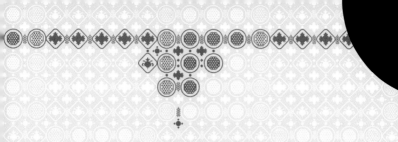

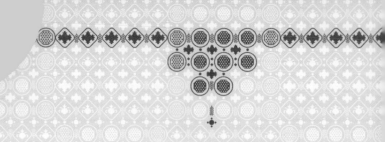

Acer 創辦人施振榮三歲父親癌症過世，母
親開雜貨店撫養他；如此身世，他竟然形
容是我擁有足夠的愛，且衣食無虞。淡泊
的價值觀自小建立，無論財產多少他把錢
投資於對社會有益之事，例如培養人才，
不炒房炒股，捐贈藝文活動。一身五百元
襯衫，沒有名錶，老式眼鏡，夫妻皆如此。
拍照當天，我刻意也不化妝。

Me too is not my style. 台灣科技領航人施振榮說跟隨他人，不是他的風格。而英文爛，使人人聽得懂他的英文，反成優點。他主張員工不打卡，有犯錯的權利，因為那是培養人才的學費。但惡意偷懶或喜歡說謊推卸責任之人，在 Acer 的企業文化下，自然會被團隊逼走。

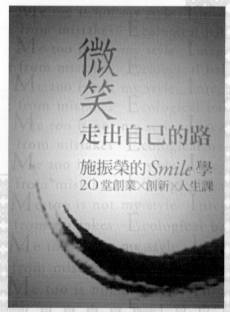

微笑
走出自己的路
施振榮的 *Smile* 學
20堂創業×創新×人生課

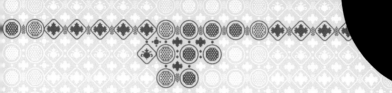

Acer 創辦人施振榮：你的缺點，往往可能
是人生最佳特色。他雖然從小眼光遠，但
膽子小。尤其記憶力不好。因此創業後，
做決策，首先不打輸不起的戰爭，其次策
略比別人領先十年但步步小心。許多事必
然參考眾人意見，不會成功後忘了自己是
誰；絕不獨斷獨行。

聽經濟學大師談話的好處，不掉術語，妙
趣橫生。二○一一年諾貝爾獎經濟學得主
Thomas J. Sargent 評美國聯準會宣佈開
放式 QE3，他對開放式政策不可思議。比喻
這好像他出門釣魚，老婆問他何時回家，
他答釣到我滿意為止！老婆還會讓他出門
嗎？

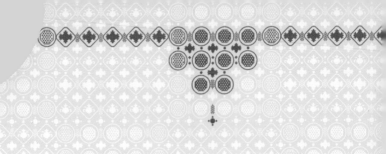

革命只是把原來搖搖欲墜的政權推翻，它
發生時波瀾壯闊，收拾起來滿是殘局。偉
大的革命，總被歌頌，因為當下不可一世
的掌權者瞬間垮在人民手中。但真正偉大
的革命之路不是那摧毀的剎那，而是革命
之後一點一滴的改革。這在歷史中最難。

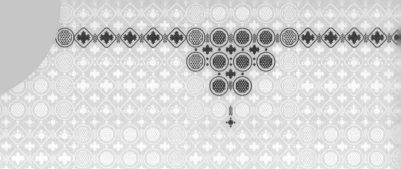

它寧靜地看待歐債危機，
畢竟古城已看過了太多悲劇。

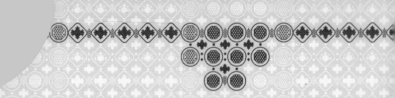

永遠不要恨你的敵人，
因為那會影響你的判斷力。

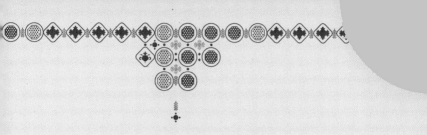

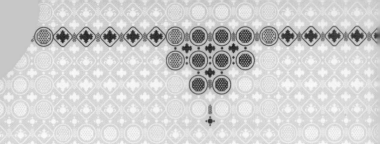

高雄長庚醫院院長陳肇隆鼓勵員工投書，
一名護士寫道渴望哺乳室，三小時後院長
回三個月內辦理。我至長庚，美侖美奐的
哺乳室，吃驚。眞美！

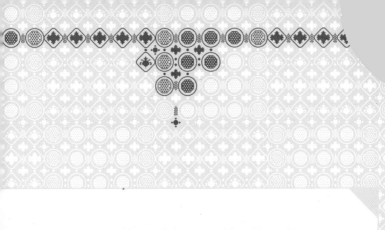

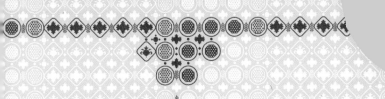

專訪郭台銘，獨家披露鴻海與日本夏普公司併購及入股的最新議價實錄。郭董精力充沛愈罷不能，最終結束訪問時，我開玩笑問他你是否覺得一個半小時不夠，要八小時才過癮，他笑著點頭。離開攝影棚，他又到樓下接受聯訪，站著一個小時。天啊！佩服至極！鴻海隔天股價一口氣擴大六百億！從此我不好喊累！

歷經人生滄桑，問台積電董事長為何特別
強調感恩：不知感恩的人，不能交也不能
用。他說那是人性品格中最核心的價值，
一個不感恩的人必然不誠實，必然太自大，
也必然自私，甚至禮義廉恥沒一樣做得到。
這種朋友何必交？這種屬下怎能用？

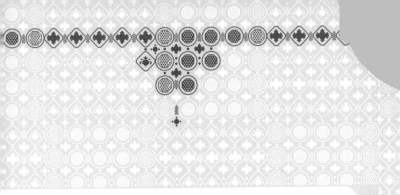

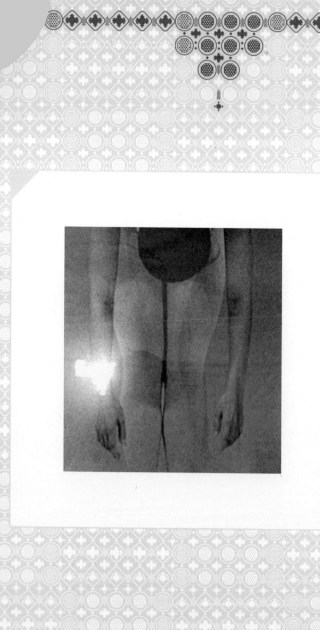

所有的舞台，你都站上了；所有的歡唱，
你都表演過了；你的誕生很平凡，但你卻
讓自己一生一點也不平凡；當多數的橋樑
業已跨過時，帶著專屬陶叔叔的微笑臉龐，
你從人生的這一端，度向另一端。欣慰的
是，你留下了永遠的微笑，給我們，在記
憶中。送別陶大偉，文茜。

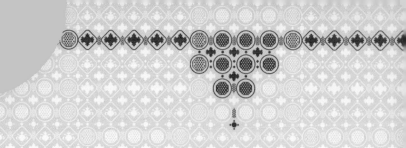

賈伯斯每天醒來總問自己：
如果這是我生命中最後一天，
我會想做今天我將要做的事嗎？

賈伯斯一九九五年訪談錄近日被當年節目
導播在遺失十七年、賈伯斯過世後一年意
外於車庫找到，全文重現。他提到企業要
有品味，蘋果只搜集全球最好的人才，不
想與次級的人共事，對於所謂自尊心，賈
伯斯的看法是：眞正知道自己很棒的人，
不需要人們呵護他的自尊心。賈先生若在
世，你願意與他共事嗎？

高雄見星雲大師，語錄一句慧語：人每天
要像洗身子一樣，把心洗乾淨。把心裡的
貪、怨、恨、不平洗乾淨。人生才能做到「慈
悲喜捨」，問大師何謂喜捨，他說喜樂地
看自己擁有的，那怕人生最後一天；捨棄
自己不願或不需要的。我回大師自己只做
到怒捨，他開釋：妳做到了慈悲，只要歡喜，
當下怒捨可。

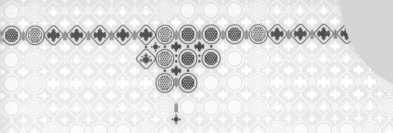

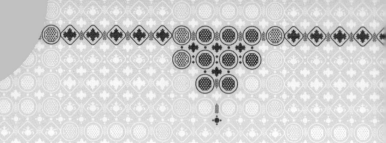

　　晴朗又帶點黑雲的海灘，可以把世間的浩浩蕩蕩看得更穿透。感覺海浪拍打，感覺日光和雲的影子在海上移動爭寵。很久很久沒有看見如此的景象了，身旁無一人。那是十七歲時的我，對海的第一個記憶，從那一刻開始我更懂得欣喜，因為明瞭什麼是悲傷。

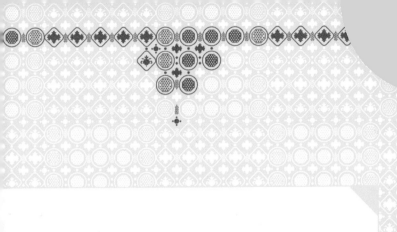

捨，說起來容易，做起來難。尤其誘惑當前。但人不過是短暫一生，我的家訓：人生猶如一座橋，妳走上頂端了，無論多高，有一天每一個人都得走下來。我的舅舅說這是家族世代流傳的信念，人最重要的是留下好名聲，別死後還讓人指指點點。我改了家訓，別人評價未必公平，也可能是虛名，重點是：問心無愧。

一個女人的一生，濃縮成一紙封面。十年
前的我，書《文茜詠歎調》封面。

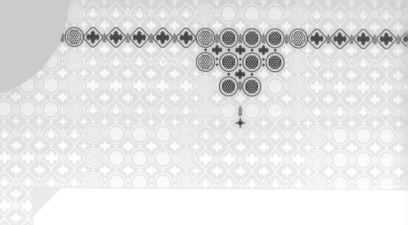

一個知識分子很重要的原則是站在權力的
對岸，冷靜地看它；但也不是為反對而反
對，好時，給他掌聲；錯時，勇於批評。

我從不從事商業廣告。曾經有廠商以千萬台幣，邀約我當廣告代言人，我拒絕，並聲明不拍商業廣告。我收入已比常人高，但那是一筆一格，不同節目閱讀資料的結果。如果我只工作數天，即入帳千萬，我還會保持清醒勤奮工作的態度？錢會腐蝕一個人的靈魂，你以為它只是一點，其實是染布。

我們總在事件發生後才驚醒其中的道理。
每一個事件，堆積成歷史；但它能堆砌成
人們的智慧嗎？群眾運動中演說的我。

人太痛時，
必須選擇站在世間蒼茫的對岸，
不回憶，
過往就是一條陌路。

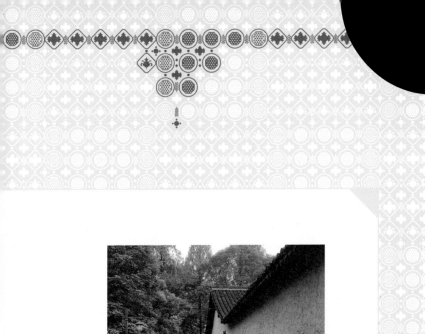

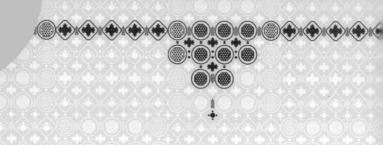

建築可以恆久，愛情很難。

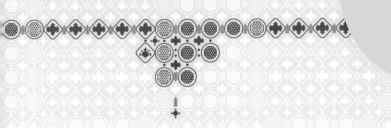

我們相遇於某個路間，誰也不知道盡頭的
答案是什麼，在那裡。請在人生之路上好
好對待自己，好好對待你所愛的人。

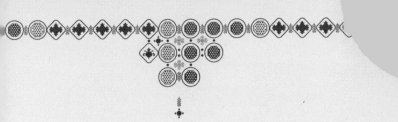

這是一個又熱又寂靜的上午。當沒有事情是對的，所有的事就好像都錯了。骰子已經下注，人生是場殘酷的遊戲。我可以浪漫，也不得不嚴厲。只求我的靈魂坦蕩無遮。在某個音樂聲中我哭了，願世間人人找到真愛，學習如何活著愛著。

一切皆發生於美麗的秋季,從相遇到分離。每個人都在向我訴說你的壞,我找不到合適的詞語回答,那麼多年了,我已習會隱瞞。或許沉默,會幫助遺忘吧!不過短短的時光,我在街頭與你擦肩而過,竟然已認不得你。陌生人啊!你只是一個我曾經熟悉的名字,像一塊靜靜躺在地上的墓碑。

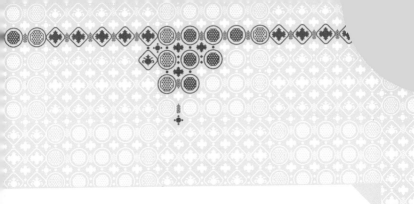

人永遠可以歡歡喜喜。即使臨終前仍可做歡喜之事：撰寫遺囑以及回憶錄，為你的喪禮畫設計圖，安排臨終時存留聽覺的音樂。它激發大權在握的感覺，你是人生終曲的指揮家，你可盡情地體驗慷慨、餽贈、傳承，寫下你想對他說抱歉的人，寄一封信給所有你愛的人。還有，發出最後一則微博。對所有的人說，愛你。

朋友問：爲何薄荷葉一沖熱水即變黑？茶
道之友數年前告知，沖茶之水不可沸騰溫
度太高，茶如人，愈新鮮的茶，愈須呵護。
正確水溫應爲 70 度，得水沸了，靜待，歇
會兒，水溫漸降，始沖壺好茶。茶道正如
人生道理，別急著抓住一切。事件往往得
落了底，才能明白怎麼回事。

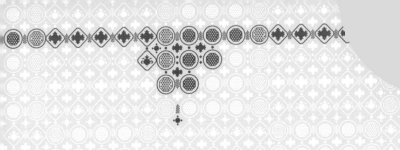

我們都各自受了那麼多傷，人生路途中我們總睜著過大的眼睛望著這些傷痕，可是每一個撫平的動作，都讓我們的未來少了一點真誠。我們的眼睛愈來愈亮了，我們的心卻愈來愈暗了。面對往日傷痕，不是睜著眼盯它看，而是閉上雙眼，沉澱，習了，然後一切隨風而逝。別因傷痕，遮蔽、喪失了人性最珍貴的純真。

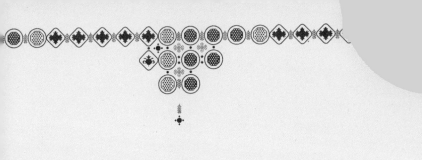

夜景，如金色的沼澤。請原諒我們，局限
的雙眼分不清你是在微笑或是垂淚。請原
諒我們，局限的心只想肆意地享受你的柔
和之美。我們不曾懸念每一盞燈下，正上
演多少哀傷與騷亂。我們只是貪心地從遠
方看著你，享受如教堂儀式般的寧靜。

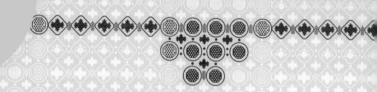

時間是奇妙的東西。有些美好的事，妳怕被時間奪走了，希望它長一點，或者最好就這麼定格，時間不動了，永永遠遠。遇著痛苦之事，時間成了最好的療藥，此時我們反倒催促著時間，巴不得它走得愈快愈好，頂好如狂風，驟間席捲一切。時間有時是我們的敵人，有時是我們最好的親人。

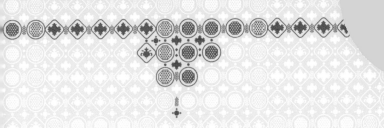

夕陽西下，
多少故事從此落幕。

月亮升起，在一個尚不屬於它的時辰，探個頭，即時向西下的夕陽告別，像告別一個每日相逢，但從未相愛的親人。

雲兒在夕陽離去，月娘隱現時昂首
迎接最後的一道光。一個白天就在
這麼瞬間，如戲劇般走入尾聲。

Ending

PE0370
微笑刻痕

作者	陳文茜
主編	李清瑞
責任編輯	李筱婷
美術編輯	繁花似錦 吳景賢
執行企劃	林貞嫻
董事長 總經理	趙政岷
總編輯	余宜芳
出版者	時報文化出版企業股份有限公司
	10803 台北市和平西路三段二四〇號三樓
發行專線	（〇二）二三〇六六八四二
讀者服務專線	〇八〇〇二三一七〇五
	（〇二）二三〇四七一〇三
讀者服務傳真	（〇二）二三〇四六八五八
郵撥	一九三四四七二四時報文化出版公司
信箱	台北郵政七九～九九信箱
時報悅讀網	http://www.readingtimes.com.tw
電子郵箱	history@readingtimes.com.tw
法律顧問	理律法律事務所　陳長文律師、李念祖律師
印刷	華展印刷有限公司
初版一刷	二〇一二年十一月九日
初版六刷	二〇一七年四月十九日
定價	圓滿版 三五〇元　　時光流轉版 五〇〇元
ISBN	978-957-13-5679-2

（缺頁或破損的書，請寄回更換）

國家圖書館出版品預行編目資料

微笑刻痕 / 陳文茜著．
——初版．——臺北市：時報文化，012.11
面；　公分．——（People；370）

ISBN　978-957-13-5679-2（平裝）

855　　　　　　　　　　101021299